日降坂

Tokunaga Mayumi

徳永真弓句集

ふらんす堂

目次

句集

日降坂（ひふりざか）

I

二〇〇九―二〇一一年

図書館のすべての窓に夕立来る

体操の肩の高低夏燕

白南風や電車の上を海の鳥

信号を越え夏潮の香の消えし

昼顔やトラックの何台も過ぎ

ブラスバンド入道雲を呼ぶやうに

秋桜教室の子のよそ見して

月光や干場に残るシャツ一枚

梶棒をしづかに下ろす竹の春

竹林に入り遠ざかる秋の空

藤原宮跡ひろびろと露を踏み

敗荷の水の夕映え電車過ぐ

古き手帳旧き友の名小鳥来る

点々と無人の島や秋澄めり

婚の列杜に綿虫とぶ日なり

礼服の靴で落葉を裏返す

開かれし電車のぬくみ冬紅葉

落葉山坐れば切株のごとし

浜風にバスのお飾り裏返る

湯の町の硫黄の匂ひ風花す

開演に少し間がありゆりかもめ

ファックスの途切れて続く霜夜かな

芽吹く木に鳴りだしさうな雨の粒

風光る子のパンプスの高きこと

春灯に手擦れの駒を並べをり

紀の国の旅や役場の初桜

春宵の寺町に買ふ麝香かな

おぼろ夜の路地の角より旅鞄

発車してすぐ勾配や山若葉

ロープウェー緑の谷へとびだしぬ

人形に指さされをる薄暑かな

墨染の現れ消えし涼しさよ

鉦方の幼き背中月涼し

湯上がりのうすき足跡天の川

八月の撞木大きく引かれたる

蓼の花水辺の家に子の声す

秋の蝶プールの時計動きをり

赤蜻蛉ひとりシュートを繰り返す

黄落や魯迅の碑より掃き始む

島々の松を映して水の秋

煙噴く蒲鉾工場朝寒し

行く秋の望遠鏡の中の雨

枯草の犬に触れたき子供かな

冬木の芽小さな影をもつほどに

ホルン鳴る森より野より春の鹿

餌係に甘えて春の大鹿よ

清流にはなればなれの野梅かな

春の土ぎゆつと握つて崩しけり

地震の地の花の白さを思ひけり

市バスにも帰る所や春の月

昼か夜かわからぬ店や熱帯魚

夏燕中洲の草のそよそよと

嬰眠る祭太鼓を浴びながら

水撒く子念仏堂を濡らしけり

南風飛び道具屋に命綱

胸鰭の開きはためく涼しさよ

水槽に亀当たる音明易し

絵手紙のハイビスカスや敗戦日

水中の桃ゆるやかに打ち合へり

鮨二貫ぽんと置かるる良夜かな

赤のままサイロの長き影の中

芒野に深く入りゆく帽子かな

秋冷の大俎板をすべる水

やや寒し人荷共用エレベーター

花嫁の裳裾を正す竹の春

挙式終へ髪を解きし子小鳥来る

学校に兎の眠るクリスマス

蕪村忌の雪ふる路地の窓明り

Ⅱ　二〇一二―二〇一四年

元日やビルは積木の静けさに

息白く似顔絵描きのデフォルメす

席譲りすこし離るる冬帽子
すれ違ひざまの念仏霜の朝

冬鳥の羽音に祈り途切れけり

観音の前に掃除機冬日和

はくれんの蕾内より光りだす
遠がすみ旧きホテルの回転ドア

風船の立ち止まれずに揺れてをり

春の夜の画素の少なき写真かな

桜貝探す子に母遠くなる

鈴木真砂女記念館

恋に生きし人の小さき単衣かな

夏燕客を降ろして舟を拭く

浜昼顔櫂にタオルの掛けてあり

蝸牛隣のかたつむり遠く

庭の木の近づくごとし油蟬

秋めくや机の上の貝殻も

浴場にひとり花火の揚がる音

バスガイドの研修秋の路地を行く

黄落や絵本の動物会議中

宝石のやうな飴玉文化の日

小春日や粘土ぺたぺた叩く子ら

日向ぼこキャッチボールの音の中

船弁慶・十二代團十郎

短日の念珠激しく揉みにけり

画廊より出て来るマント翻し

落葉ふる落葉動かしをる虫に

窓開かぬ高層ホテル吹雪の夜

雪の朝ベンチの白きソファーのごと

降る雪の水面に映り消えにけり

枯蓮の花托のベルのごと揺るる

スノードロップ木漏れ日が靴に乗る

コサージュを椿の森に落としたる

長靴の好きな鵞鳥や柳の芽

山笑ふ公園二つ遊び分け

涅槃図に足音多き日なりけり

満開の桜に心追ひつけず

花会式造花生花の盛りなる

鏑矢に割れ飛ぶ板や新樹光

立てて売る鯛の頭や初夏の風

蝸牛付きの大枝活けてあり

両側のみるみる離れ梅雨の川

夏の蝶土塀が柵に変はりけり

金魚田に朱の湧き上がり沈みけり

峰も入れ涼しき寺の全景図

背泳ぎの指やはらかきものに触れ
見送りてをれば日傘の開きけり

星月夜カーテン閉ざす夜行バス

金木犀ふり向きし時ふり向かれ

月光や家族の本の交じりあふ

少年の像に木の実を持たせあり

落葉降る談山（かたらひやま）の静けさに

切株に人待つやうに冬帽子

冬青空蹴鞠の鞠のくるくると
ゆりかもめ翼たためばころんとす

肉の血の野菜に移る薬喰

雪女眼差しだけを残したる

音楽を消して窓辺へ春の雪

ぶらんこに坐り母親同士かな

ひきちぎるフランスパンや猫の恋

花吹雪浴びて二人のヒジャブかな

桜蘂降り敷く森のテーブルに
笛を吹く像に青葉のそよぎけり

人いきれ紫陽花いきれ雨の中

涼風やウェディングドレス乗船す

青鷺が硝子を覗くレストラン

川遊びジャズとビールとブルドッグ

また海に近づく列車虹たちぬ

扇風機消せば竹林よりの風

青鷺や古墳の影の暮れてきし

鶺尾見えて芒の原を進みけり

木の実降る小さなドアの美術館

山荘のスペイン瓦鳥渡る

写生会小鳥の声に耳澄まし

赤とんぼ野外アートの向きさまざま

南座

義士の日や檜舞台を張り替へて

懐手解き骨董に屈みけり

Ⅲ

二〇一五―二〇一八年

冬帽を置く子規庵の日溜りに

雪だるま町に子供の増えしごと

柱時計打つ春寒の大屋敷

湯の滾りだすまで春の雪を見て

ウォーター囀りの木を回りけり

猫の背に格子の影やうららけし

美容師の軽き相槌チューリップ

亡き父を知るバーテンダー花の夜

義姉逝く

姉の絵のモデルの猫が春草に

鳥雲に句集の淡き遊び紙

葉桜やドッジボールが逸れてゆく

風薫る森に描く木を探しをり

農学部抜ける近道蟾の声

亀の子をくるりと回す流れかな

蔓籠のバッグにのぞく白日傘

祭足袋柄杓の水を飲み干しぬ

献灯のみな小さくて涼しき火

油蟬川を上がりし足火照る

初秋の茶庭に水を祀りあり
ぐい飲みに炎の跡や萩の花

金木犀産み月の子と嫁ぐ子と
産院に母子を残し星月夜

銀杏の踏まれし匂ひ学園祭

設計図を握る銅像冬晴るる

極月や覗き窓ある閻魔堂

無灯火の自転車が来る開戦日

初髪の絵看板より抜けしごと

わが影の結界を越ゆ雪蛍

まんまるな冬芽つんつんした冬芽

老猫の薄目に梅の光かな

飛び去りしのち初蝶と思ひけり

春の鳥ゐる発掘の土の上

豆の花赤き長靴干されあり

鳥雲に紙の模型の人とビル

ハイキングの子らと別れし蝸牛

レストランの中までついて来し藪蚊

日焼けの手北京ダックを削いでをり

さるすべり散る川端の束子かな

白絣笛の稽古を見てゐたる

月鉾の月青空に夕空に

胴懸の駱駝も京の炎暑ゆく

水打つて鉾の帰りを待つてをり

黙禱を空が見てをり原爆忌

萩の風かたかたかたかたと木の鼠

猿の腰掛より菩薩遥拝す

万葉の森の母と子木の実降る

溶岩の孔にやすらふ木の実かな

反射炉の褪せし煉瓦や茶が咲いて

青空に鳩と落葉の交差せり

公園に木馬が一つ雪が降る

山眠る版木にうすく残る赤

冬ぬくしポートレートの力士達

一月の雨青銅の指伝ふ

冴え返る色鮮やかな合戦図

抜型の鳥や魚やあたたかし

春愁や象の目鋭しともやさしとも

橋わたる小さき楽隊柳の芽

初句集全句集鳥雲に入る

初夏の彦根屛風に洋犬も
ひろびろと鷗の散らばる淡海かな

皿に立つ白きナプキン走り梅雨

笑ひ終へまたもくすつとさくらんぼ

機音の響きて甕の目高かな

知らぬ子のついてくるなり合歓の花

無鄰菴

密談の館に回る扇風機

走り根の涼しく池のほとりまで

七夕や預かりし子のよく笑ふ

小説の淡き結末秋の雲

爽やかにページを繰つて教へくれ

昼の虫武器のかたちの一法具

八千草の庭まはり来し草履かな

釣竿のはるかに天守秋高し

自転車の影が稲穂を撫でてゆく

行く秋の瀬音貫く宿場町

室の花ペンを握りて眠りゐし

らふそくを持てば静かな聖夜の子

鰭酒や顔近づけて話しをり

ご隠居も店に座しをり初商ひ

社家町の門川を行く薄氷

春浅し餅屋の湯気の噴き上がり

南大門出づれば茶房日永し

ロボットの大きな瞳春の雪

屋根裏に眠る全集春の雷

ゆつくりと膝を折る鹿落椿

十字架とマントルピース春の雨

たんぽぽの光の海を行くシスター

連山の映る田水の涼しさよ

時国家出て一面の青田かな

甲冑のための一灯梅雨曇り

子燕の飛び交ふ茶屋のありし町

夏帽子先生に絵を見せに行く

マニキュアの指が突つつく金魚鉢

生まれたる子に秋灯の明るさよ

爽やかに双子の嬰の泣き出しぬ

森の木で作りし杭や赤蜻蛉

電卓の横にそろばん新豆腐

部活着のふたり語らふ銀杏の実

詰合せのやうな落葉の色であり

枯芒しなひて鳥を受け止めし

川渡り冬麗の樟振り返る

Ⅳ

二〇一九―二〇二二年

冬日差し泣きだす前の嬰の口

節分や山に帯なす屋台の灯

嬰笑みて手術室へと春の朝

病棟と堤を結び囀れり

庭朧白き小花の泛びたる
バルコニーのある廃校や春の月

新緑に肩組むごとく寮歌の碑

青梅や裏木戸の音なつかしき

梅の実を嗅ぎ走り去る子供かな

図書館の朝白シャツの一番乗り

人力車引く赤銅の腕涼し

追風に亀の涼しき泳ぎかな

深きより音なく真鯉日の盛り

喜怒哀楽わからぬ像の涼しさよ

馬上の子に添ひゆく母の祭髪

掃苔や姉妹の記憶くひちがふ

蹲踞の縁の光れる良夜かな

曼珠沙華御苑の松の影の中

椋鳥の群れうねりつつ一木へ

高校生ひとり冬田の駅で降る

散紅葉貼りつく水車回りけり

数へ日の柱より人ぞくぞくと

初市に買ふフライパン揺すりをり

日脚伸ぶ子らも読経に加はりぬ

沓脱ぎに母と子の靴雪柳

銭湯の更地となりぬ春の月

コロナ感染広がる

指洗ふ泡たつぷりと春愁ひ

臨時休校青空へシャボン玉

切株に背中合せや草団子

やはらかき苔の起伏に落椿

ひとり子の燕なかなか巣を出でず

モネの絵より光こぼるる立夏かな

葭切や思はぬところまで歩く

マスクしてぽつんと万緑の中に

国遠く眠る藩士ら合歓の花

哲学の道あぢさゐの夢の道

梅雨ごもり青空多き旅の本

走り込む蜥蜴まひるの花時計

京都句会二十周年

蟬時雨あまたの吟行の記憶

蓮の花彼方を小さく人歩む

幼子に物の増えゆく夜の秋

展示室に響く靴音秋近し

朝顔の覗くかつての子供部屋

街路樹のいまだ幼し秋旱

露けしや神籤びつしり結ばれて

ジャングルジム登り蜻蛉にとどかざる

稲の香や古仏のごとき道標

秋深む茶房の椅子にテディベア

小春日やこちら向く気のなきゴリラ

陽だまりの石に冬蝶翅ひろぐ

さらに続く探査機の旅大根煮る

「はやぶさ」の孤独な旅や冬銀河

遠くから笑顔とわかるマスクの子

寒柝や孫に絵本を読みをれば

梅一輪ワクチンつひに完成す

白梅や玄関広く下駄ひとつ

花曇り電子ピアノの軽き音

抱き上げて犬に桜を見せてをり

授業中らしはくれんの浮かぶ空

走り来る子らぶらんこを譲らねば

初夏や軽くドリブルしてシュート

君（くん）づけで呼ばるる象や風青し

行き帰り棟の花の香る橋

揚げ物の匂ふ肉屋や梅雨じめり

緑さす叡電すぐに次の駅

餌へ向かふ鯉のさざ波涼しけれ

合歓の花濡れては乾く木のベンチ

風鈴や接種後の熱下がり来し

瓜の花はやばや風呂に入る夫

ゆつくりと暮るる叡山冷奴

数学は美しと言ふ秋の空

十六夜や山門に待つ黒タクシー

母と子の揃ひの念珠小鳥来る

黄金色に腰まで埋まる案山子かな

朱の紅葉朱の欄干をかすめ散る

悼　前田倫子さん

雪のバス窓いつぱいに笑ひゐし

行間を読みをり冬の夜のメール

短日の鏡となりし車窓かな

ただ走るのが楽しき子冬木の芽

人力車の赤き膝掛け飛火野へ

切株と見まがふ冬の鹿座して

冴え返るテレビ消しても戦火見え

十年日記うぐひすを聞く頃か

墳丘に茅花のやはらかく吹かれ

春草や埴輪の巫女の足飾り

風船をそつと持つことと覚えし子

花々の盛りのしづか仏生会

廃校の校門掃かれ朝桜

うぐひすの声相輪に触るるごと

花を見ず我を見下ろす仁王かな

鳥声を讃ふる句碑に囀れり

手水舎に子供の並ぶ日永かな

あとがき

『日降坂(ひふりざか)』は、『神楽岡』に続く私の第二句集です。五十代後半から、六十代の句をまとめました。日降坂は神楽岡（京都市の吉田山の別称・我が家の裏山）の坂の一つで、その名は、「神楽岡が天から降って出来たとする古伝から」来ています（鈴鹿隆男編著『吉田探訪誌』二〇〇〇年）。坂の途中には「枝うつりほがらに呼ばふ小鳥らと詣でに来つれ神います丘」（平井乙麿）、「神丘に啼く鶯の臈たけて」（鈴鹿野風呂）などの碑があります。尉鶲の群れに出会ったり、鶯の声を聞いたりする静かな坂で、お天道様の日を浴びていると朗らかな気持になります。

子育て中、在職中は、自分の身の回りの自然に細やかな目が向きませんでした。近年は花や鳥の名前を調べてみることも多く、この地で、こんなに多くの草花や虫、鳥、小動物と共に生きているのだと、改めて驚いています。

二十年以上もの間、温かなご指導を頂きました大串章主宰、また、句会に吟行に真剣で楽しい時間を一緒に過ごしてきた句友の皆様に、心から感謝いたします。

二〇二二年十一月

徳永真弓

著者略歴

徳永真弓（とくなが・まゆみ）　本名　真由美

1952年　11月７日　愛媛県松山市に生まれる
1995年　「扉」入会
2001年　「百鳥」入会
2004年　「扉」退会
2009年　第一句集『神楽岡』
2013年　第20回鳳声賞（「百鳥」同人賞）受賞

現　在　「百鳥」同人、俳人協会会員

現住所　〒606-8314　京都市左京区吉田下大路町45-35

句集　日降坂　ひふりざか　百鳥叢書第一三〇篇

二〇二二年一一月七日　初版発行

著　者――徳永真弓

発行人――山岡喜美子

発行所――ふらんす堂

〒182-0002　東京都調布市仙川町一―一五―三八―二F

電　話――〇三（三三二六）九〇六一　FAX〇三（三三二六）六九一九

ホームページ　http://furansudo.com/　E-mail　info@furansudo.com

振　替――〇〇一七〇―一―一八四一七三

装　幀――君嶋真理子

印刷所――日本ハイコム㈱

製本所――㈱松　岳　社

定　価――本体二六〇〇円＋税

ISBN978-4-7814-1499-7　C0092　¥2600E

乱丁・落丁本はお取替えいたします。